나는 나를 사랑할 줄 몰라서

나는 나를 사랑할 줄 몰라서

2019년 11월 11일 초판 1쇄 발행
2019년 11월 11일 초판 1쇄 인쇄

지은이　　　| 서도아, 정수호

인쇄　　　　| 예인아트

펴낸이　　　| 이장우
펴낸곳　　　| 꿈공장 플러스
출판등록　　| 제 406-2017-000160호
주소　　　　| 경기도 파주시 회동길 301 (파주출판도시)
전화　　　　| 010-4679-2734
팩스　　　　| 031-624-4527
이메일　　　| ceo@dreambooks.kr
홈페이지　　| www.dreambooks.kr
인스타그램 | @dreambooks.ceo

꿈공장⁺ 출판사는 모든 작가님들의 꿈을 응원합니다.
꿈공장⁺ 출판사는 꿈을 포기하지 않는 당신 곁에 늘 함께하겠습니다.

ISBN | 979-11-89129-44-6

정 가 | 12,000원

나는 나를 사랑할 줄 몰라서

\<오늘 실컷 울고 내일은 일어서야지\>

서도아

시인의 말 9

외로움 10   어른살이 11   밤송이 12   네가 제일 좋은 이유 13   파도 14   스무 살 당신이 그리운 날 15   폭풍 속에서 16   그랬다면 17   오래된 편지 18   그리운 사람 누구길래 20   모르겠다 21   그리움 22   문득 23   콩알 24   닮은 섬 25   절망의 끝에서 26   반복되는 일상 27   상념 28   생각 주머니 29   북풍이 부는 밤 30   마흔 앓이 31   부디 32   난치병 33   가을이 오면 34   가난한 마음 35   후회 36   그릇 37   그대는 그렇게 흘러라 38

나무로 서 있어야 했습니다 39   낯설어진 길 40   우리 이별해요 41   그대가 보냈습니다 42   그 계절에 43   지나고 나서야 44   믿음 45   기대 46   봄은 또 오니까 47   내일은 일어서야지 48   다시 49   꿈 50   바람 51   차 한잔 52   비가 되어 내린다면 53   기다림 54   풀꽃의 꿈 55   이끼 56   첫 마음 57   손길 58   구기자 59   버스 60   호박꽃 61   늙은 은행나무 62   메밀꽃 63   감 64   가을 마중 65   엄마니까 66

<우리의 계절은 안녕한가요>

정수호

시인의 말 69

당신이 간지럽다 70   그냥 좋아요 71   스르륵 스
르르 72   나에게만 73   산책할까요 74   Falling in
love 75   두 사람 76   사랑 77   사랑 X 78   키스
79   키스 2 80   역습 81   엄마 82   소원성취 84   이
별 티내기 85   이별에 죽다 86   멈추기 88   헤어질
채비 89   어쩌면 순리 90   십삼월 92   하물며 93   거
기 있소 94   바람이 분다 96   터미널에서 97   구름고
래 98   헤어질 채비 2 99   안녕합니다 100

콩깍지 102 네가 제일 예뻐 103 아이스크림 104 Text Love 105 그대는 달 106 밤 날씨 좋다 107 시간의 선물 108 산다는 것은 109 1도 없어 110 가을마중 111 가을앓이 112 커피커피해 113 별, 숨 114 거짓을 키우는 거짓 115 소주 116 Paradox 117 독려 118 무장 119 독려 2 120 행복은 너의 편 122 비행 123 Name Value 124 정수호 125 원태연 126 시발(詩發) 127

\<오늘 실컷 울고 내일은 일어서야지\>

 서도아

내 글은 카페 창가에 혼자 앉아
조용히 즐기는 소소함이고 싶다.
유리 꽃병에 꽂힌 꽃 한 송이이거나
커다란 유리창을 통해 내리는 햇살이거나
혹은 그 햇살에 그려진
작은 자신의 커다란 그림자이거나
특별할 것 없는 그냥 그런 것들처럼
자연스럽고 편안했으면 좋겠다.
굳이 의미를 깊게 생각하지 않고
마음에 들리고 머릿속에 그려지는 대로
때론 달콤하고 때론 씁쓸한
커피 향이면 좋겠다.

외로움

사는 일은 때때로 외롭다
행복함 속에서도
사랑하는 이들 틈에서도
문득 고독하고
수시로 외롭다
외로움은 혼자이게 만들고
생각하게 만들어
나의 깊이를 재어보는 일이다
내 영혼의 맑음을 확인하는 일이다
얕아지지 말라고
탁해지지 말라고
스스로를 돌보고 가꾸라고
한 번씩 외로운 것이다

어른살이

아무것도 할 줄 모르는데
덜컥 어른이 되어버렸다
둥지를 떠나온 소심한 새처럼
난생처음 우물 밖을 나온
겁 많은 개구리처럼
넓은 세상에 한없이 작은 내가
어른살이를 시작했다
세상이 겁이 나 뒤돌아보면
등 돌린 그림자뿐이고
그 그림자는 너무 멀어
내 등 뒤는 언제나 허전했다
누구라도
누구든
아무나
내게 손을 내밀어 준다면
덥석 잡고 싶었다

밤송이

예민하고 까칠한 가시
온몸에 잔뜩 돋아놓고
쉽게 내 마음 보려 하지 말라고
입 꾹 다물고 있다가
아무나 만지려 들면
가시로 콕콕 찌른 건 아닌지
그런데 너에겐
활짝 마음 열고
내 속을 다 주었으니
너는 가을이구나
나를 저절로 열게 하는 너는
가을이구나

네가 제일 좋은 이유

네가 세상에서 제일 좋은 이유는
네가 세상에서 제일 만만해서야
화내고 짜증 부리고
애교 떨고 장난 치고
작은 상처에도 엄살 부리고
힘들다고 투정도 하고
놀아 달라고 떼도 쓰고
질투 난다고 억지도 부리고
밉다고 토라지고
내 마음 내키는 대로 할 사람
너 하나뿐이라
세수 안 한 얼굴도 예쁘다 하고
툭하면 울어도 밉다 안 하고
매일 손잡고 자도 귀찮다 안 하고
하늘도 같이 보고
눈사람도 같이 만들고
나에게 너 만한 사람 없지

파도

매일 밤 내 마음에
그대가 밀려온다

어지러운 발자국을 지우고
뒤엉킨 자갈들을 고르고
깨진 조개껍질을 조각내어

말끔하게
곱게
밤새 쓸어내린다

스무 살 당신이 그리운 날

내 앞의 길이
진흙탕이든 소용돌이 물길 속이든
기어이 걸어가 보겠다는 나를
끝까지 손 붙들고 잡아준
스무 살의 당신이 그리운 날엔
마흔 살 당신의 손을
꼭 잡아봅니다
여전히 따뜻한 온기
그때도 지금도
그 온기가 나를 살게 합니다

폭풍 속에서

나의 방안에
밤새 폭풍이 치는 밤
너의 방안에도
잔뜩 몰려간 비구름이
주룩주룩 비를 쏟고 있었겠지
밤새 빗속을 헤맨 다음날엔
골목을 지키고 있었겠지
스스로의 반대를 밀치고
너는 또 거기 서 있었을 거야
서로의 아픔을 바라보며
차마 돌아서지 못하는 마음
우린 기어이 끌어안았지
너는 내 아픔을
나는 네 아픔을

그랬다면

좋고 싫고
기쁘고 화나고
그 마음 표현하는 게
뭐가 그리 힘들다고

모를 수도 있고
틀릴 수도 있지
그게 뭐 기죽을 일이라고

밉다는 사람
싫다는 사람
있으라지
나도 그런데

그렇게 살았으면
내가 바보 같진 않았을까
내가 덜 창피했을까
내가 덜 미웠을까

오래된 편지

오래전 내게 온 편지를
커다란 상자 하나 가득 담아놓고
오랫동안 열어보지 않는다
마음 설레었던 고백 편지도
사춘기 소녀들의 수다 편지도
읽고 읽어도 마음 알 수 없던 편지도
우연이 선물한 펜팔 편지도
멀리서 온 그리움 묻은 편지도
내 것이지만 내 것이 아닌
나에게 전해 온 마음들
그때에 잠 못 이루던 생각들

바람이 이유 없이 마음을 휘저을 때에
떨어진 낙엽 하나가 시선을 잡을 때에
차 한 잔이 속에 온기를 퍼뜨릴 때에
잠이 오지 않는 밤 긴 생각 끝에
뜬금없이 생각나는 이의 편지를
두고서도 꺼내보지 않는다

아직은 만나고 싶지 않은 그 시절
그리고 그 시절의 나
가장 그리워하면서도
가장 숨기고 싶은 계절
아무렇지 않게 꺼내어 볼 어느 날이
아직 오늘은 아니다

그리운 사람 누구길래

새벽이 가까워지는 밤
잠을 잊은 마음이
어느 날 어느 시간을 헤맨다
비가 쏟아지던 밤 골목에
손 잡혀 바위를 건너던 물가에
주인 없이 잠긴 빈 집 앞에
더 멀리
해 드는 창가에 엎드린 교실에
비 맞으며 걷던 신작로에
거슬러 올라가는 시간 속 그 누가
잠을 빼앗아 나를 부르나
그리운 사람 누구길래

모르겠다

서운한 만큼
그리운 걸까

미운 만큼
보고픈 걸까

화난 만큼
마음이 컸던 걸까

그리움

집 나온 마음 헤매다
닮은 산등선이라도 만나면
잊었던 그리움이
늦저녁 안개처럼 피어오른다
좋았다가 미웠다가
고맙다가 서운했다가
안쓰럽다가 서럽다가
내 삶에 굵직한 선 하나
그려질 때마다
오락가락하는 마음
아니라고
아니라고 해도
사실은
몹시도 그리운가 보다

문득

시간이 싹둑 잘라내고
조각조각 남은 기억들은
슬프고 서럽던 이야기
불행했다 믿었던 내 삶
어쩌면 기억을 잘라낸 건
시간이 아닐지도 몰라

즐거운 기억을 오려내고
따뜻한 온기를 없애
차갑고 슬픈 기억만 남겨두어
약하고 아픈 나를 만든 건
어쩌면 시간이 아니라
나일지도 몰라

콩알

콩 꼬투리 안 다섯 콩알이
한집에서 살 맞대고 자라도
큰 놈 작은 놈
닮은 얼굴만 보았지
속은 모릅니다
어느 콩 하나 썩어가도
저에게 퍼지기 전까지
제 형제의 아픔을 모릅니다
콩 꼬투리 안 다섯 형제는
하나였지만 따로입니다

닮은 섬

우린 각자의 외로운 섬
우리 사이 놓인 다리 하나 없이
오가는 배 한 척 없이
물 건너 그대의 섬은
희뿌연 안갯속 흐릿한 그림자
파도에 시달리고 바람에 어지러워
그대 안부와 걱정은
어느 날은 잊은 채로
어느 날은 모른 채로
거기 있었으나 없었던 섬
내 앞의 거센 폭풍 속
바람에 맥없이 휘둘리느라
그 속에 그대도 있음을 잊었다
본래 우리가 하나의 바닥에서 솟은
꼭 닮은 섬이었음을 까맣게 잊어버렸다
혼자서 외로웠을 날
부를 이름 없이 서럽게 잠기던 날
전하지 못한 늦은 마음이 아프다

절망의 끝에서

절망의 끝
그 끄트머리에 서 있던
그대를 생각합니다
어지러운 바람은 그대를 밀어
그 끝에 세워두고
그대에게 묻습니다
뒤돌아 걸어 나갈 힘이 있냐고
돌아서야 할 이유가 있냐고
그대가 그 끝에
얼마나 오래 서 있다 돌아섰는지
나는 모르나
그대의 모습이 가시처럼 박혀
문득문득 찌릅니다
그대의 답이 되어주지 못했기에
가시는 뽑지 않고 그냥 둡니다

반복되는 일상

어제와 같은 시간에
오늘을 시작하고
어제와 같은 일상을 돌아
오늘의 끝에 다다라
가슴에 걸리는 무언가
정해진 궤도를 도는 나를
붙들고 있는 중력은 무엇일까
누구의 누구가 되고
어디의 무엇이 되어
이름을 잃어버렸나
오직 유일한 나로 자유 비행하는 꿈은
또 다른 나의 이름들로 묶여
스스로 풀지 않는 무기력 속에 가둔 건 아닌지
중력을 이기지 못하고 궤도를 정한 건
나 자신이 아닐까
후회 없는 삶은 불가능하지만
미련 없는 삶은 의지에 달린 것
궤도 이탈은 비행(非行)이 아니다

상념

새 한 마리
마음에 둥지를 틀어
하루 종일 재잘재잘 시끄러운데
둥지 털어내지 못하고
안고만 있습니다

어지러운 마음속에
제멋대로 비집고 들어와서는
쉴 새 없이 말을 걸어와
답 없이 허공에 한숨만 뿜으면서도
그만 가라 내쫓지 못합니다

생각 주머니

늦은 밤 긴 숨과 함께
침대 위에 줄줄이 풀어헤쳐
널브러뜨린 생각들
이건 아직 더 고민해야 하고
이건 마음은 정했지만
대롱대롱 매달린 망설임을
떼어내지 못하고 있고
저건 진작 버렸어야 했는데
아직 버리지 못하고 붙들고 있고
저것들은 시작도 못하고 있는 생각들
이것저것 주워들었다가
도로 확 싸잡아 넣어버렸다
골치 아픈 생각들
또 내일로 미뤄버렸다

북풍이 부는 밤

추위에 몸이 떨려
잠이 깬 밤
이불을 끌어올려
바람구멍 막아 웅크려도
자꾸만 속이 추워
찬바람은 내 속에서 부나 봐
잠든 이 품 안에 파고들어
손을 가슴에 끌어안고
그가 뿜는 온기를 마셔
내 가슴 어디에
꽁꽁 언 겨울이 있어
북풍이 불어올까
바람 멈추고
시린 속이 녹으면
잠은 다시 평온해져

마흔 앓이

마흔 살 문턱을 넘다
제발에 걸려 넘어졌다
손 짚을 새도 없이 떨어져
온몸이 욱신대는 통증에
벌떡 일어서지 못하고
쓰러진 채 울었다

마흔 살 문턱을 넘다
지난 시간에 걸려 주저앉았다
비처럼 내리는 아픈 기억에
눈물도 비처럼 흐르고
흠뻑 젖은 마음은 무거워져
한동안 깊게 가라앉았다

부디

소리 내 주룩주룩 비처럼 울어야
슬픔이고
밤새 소리 없이 쌓인 눈처럼 속으로 울면
슬프지 않은 건가요

세상에 부딪힐 때마다 부서지는 비는
아픔이고
날카롭게 얼어붙어 시린 눈발로 내리면
아프지 않은 건가요

비명조차 얼어붙은
누군가의 하얀 눈발을 만나면
부디 소리 없는 오열 속에
서러움으로 부서지고 있다 여겨주세요

난치병

그대의 말을 앞질러
내 생각이 먼저 달려 나온다
그대 말허리를 싹둑 잘라먹고
내 생각이 불쑥 나선다
아차, 싶은 순간엔 이미 중증
칼을 들어 생각을 도려낼 수도 없고
약을 써 성급함을 죽여 버릴 수도 없는
치료가 쉽지 않은 난치병
나이를 먹으면 쉬이 걸린다지만
예상 보다 빠르게 찾아온 증상
이미 다 안다는 어리석은 확신
듣고 싶은 대로 들리는 환청
경험으로 인한 부작용

가을이 오면

반복되는 일상 속에
생각은 제자리걸음
하루하루 날짜가 바뀌고
서서히 계절이 옮겨가는데
어제의 나와
오늘의 나는
거기서 거기
들판의 벼들은
낟알 채워 가는데
나도 가을이 오면
쭉정이 없이 실한 생각을
대롱대롱 매달고 싶다

가난한 마음

가난한 마음에는
미운 마음들이 쌓여
자신을 미워하고
남을 미워하고
세상을 미워해

미워하는 마음이
숭숭 뚫어놓은 구멍으로
찬 서리 바람 들어와
가난한 마음이 사는
가난한 마을에는
눈도 내리지 않는 겨울

봄이 올까
응달뿐인 마음에도
봄 햇살 들어올까

후회

내가 걸어온 길 뒤로
후회가 발자국으로 남아
어느 날 뒤돌아보니
내 발 디딘 곳마다
쿡쿡 찍힌 선명한 발자국이
나를 따라 걷고 있다
다시 걸어야 할 걸음이 무겁다
뒤돌아가 주워들고 올 수 있다면
걷는 걸음이 가벼워질까
어느 걸음에든
후회 한 조각 남기지 않을 수 없어
어느 날 어느 때든
선명해질 발자국
차라리 뒤돌아보지 말자

그릇

나는 밥그릇이고
그는 국그릇이라
우린 서로 다르고
다른 게 담긴다 했지

그런데 난
밥그릇에 국도 퍼먹고
국그릇에 밥도 퍼먹어

밥그릇인 난
국을 담아도 괜찮은데
국그릇인 그는
밥은 담고 싶지 않았던 거지

그대는 그렇게 흘러라

다른 방향으로 돌며
섞이고 싶지 않은 마음
그래 그대는 그렇게 흘러라
물살이 뒹굴며 섞여야만
바다를 향할 수 있는 것도 아니고
잘못 섞인 감정들이
바위처럼 굳어져 쌓이면
물길 막히어 물살만 부서질 테니
그래 그대는 그렇게 흘러라
흐르다 어느 때 만나면
안부나 전하며 비껴 흐르자

나무로 서 있어야 했습니다

그래도 되는 사람이라고
마음대로 휘두를 수 있게 둔 것은
내 잘못입니다
바람 부는 대로
맥없이 휘둘린 건 나였습니다
바람 앞에 갈대로 서서
이리저리 나를 흔들게 두었습니다
바람에 부러질지언정
기둥 굵은 나무로 서있어야 했습니다
누구도 나를 휘두를 수 없게
뿌리 깊게 서있어야 했습니다

낯설어진 길

매일을 달리던 길이
오늘 새삼 낯선 것은
오늘의 내가
어제의 내가 아닌 까닭이겠지요
생각 없이 달려도
알아서 도착하던 이 길에서
방향을 헷갈리는 것은
내 마음이 오락가락하는 탓이겠지요

우리 이별해요

이별이 아름다울 리 없지만
끝까지 붙들고 있다
빈 마음으로 떠나는
쓸쓸함이긴 싫어
아직 남은 계절이 있는 지금
그대에게 이별을 말해요

우리의 긴 시간이
넝쿨처럼 타고 올라와
얽히고설키어 붙들어도
꽃 지고 잎 지어 빈 가지 되기 전에
그대에게 이별을 말해요

마음 한쪽 아직 남아있어
서로의 안녕을 기도하고
우리의 시간을 추억하고
때때로 그리울 미련을 남겨두려
나는 지금 이별을 말해요

그대가 보냈습니다

떠난 건 나지만
보낸 건 그대입니다

잡지 못한 것은
잡을 수 없어서가 아니라
잡지 않을 것이었기 때문입니다

언젠가 올 이별을
이미 준비해 둔 그대는

기어이 내가 떠나겠다하는 날에
마침내 보내준 것입니다

내가 떠나왔지만
나를 보낸 건 그대입니다

그 계절에

봄 햇살 스미는 나무 사이
같이 걷던 이른 봄날
그 계절 즈음
비슷한 배경을 만날 때면
문득 생각나겠지요

그 기억 속에 남을게요
봄바람에 묻어 있다
꽃향기에 묻어 있다
찰나에 스쳐가는 이름으로
그 계절에 남을게요

지나고 나서야

내가 준 마음만큼
돌려받지 못하여
내내 서운하였는데
그리하여 멀어진 날에도
마음 한쪽 손해 본 듯하여
준 마음이 아깝다 하였는데
두고두고 지나고 보니
못다 준 마음도 생각나고
주는 마음에다
받을 욕심을 얹어준 게
부끄럽기도 하여
도리어 미안해지는 마음
살면서 만나지면
이젠 반가울 것 같아

믿음

누군가를 믿는다는 것은
믿음에 틈이 생기고
그 틈에 의심이 싹터도
믿으려는 의지가 아닐까
속아도 괜찮다는 마음
알면서 속아주는 마음
알지 못하지만
속아도 좋다는 마음

기대

기대하는 동안은
바람에 잔뜩 부풀려진 풍선처럼
이리저리 잘도 나풀거리다가
기대한 꼭 그만큼의 실망으로
품었던 바람 뱉어내고 나면
바람 빠진 풍선 꼴이 헤벌쭉하다
사람들은 말한다
기대를 하니까 실망을 하는 거라고
기대하지 않으면 실망도 없다고
참 재미없는 말
바람이야 또 불어넣으면 되지
바람 빠진 채 그대로 늘어지지 말지
괜히 심술부리고 싶은 마음
실망해도 자꾸 기대해 보겠다고
무엇을 기대하든
그만큼의 실망을 감수해 보겠다고
늘어난 풍선보다 더 질긴 마음으로
기대하고 실망하겠다고

봄은 또 오니까

실한 씨앗 만들지 못하고
쪽정이뿐이라
이번 생이 실패라고 여겨지더라도
살아온 날이 다
빈껍데기뿐이었던 건 아닐 것이야
떡잎 두 장으로 시작해
잎 피우고 꽃피우며 보낸 날들이 있잖아
잎은 시들어 말라가도
뿌리 안에 그날들을 기억하고
겨울을 잘 견뎌낸다면
다시 잎 피울 수 있을 거야
그땐 떡잎 없이 돋아나
더 멋진 날을 살아가
가슴에서 희망을 잃지 않는다면
봄은 또 오니까

내일은 일어서야지

바보 같았던 난
오늘로 끝낼래
앉아서 울기만 하는 나도
내일부턴 없어
오늘까지만 울고
내일은 일어설 거야

다시

까만 밤 무수한 별들 틈에
걸어 둔 나의 꿈들
오랜 시간 잊고 살아오는 동안
세월의 먼지를 뒤집어쓰고
빛 사라진 채 잃어버렸다

많은 꿈들이 잊혀가고
하늘의 별들이 빛을 잃어가
반짝이는 별들 틈에
죽은 꿈들의 무덤이 쌓인다

가슴에서 무엇을 잊고 살았나
죽어 있는 별들 틈에서
간절히 찾고 싶은 나의 꿈
다시 꿈꾸어도 될까
묵은 때 문질러 다시 걸어보려 한다

꿈

꿈은
잠결 속에 들어있다
잠이 깨면 사라지는
꿈인 줄 알았지

꿈을 꾸기만 하였지
마법의 주문을 걸지 않아
내 꿈은
오래 잠이 들었어

이제야 꿈에 주문을 걸어
참 신기하기도 하지
묵은 꿈에도
꽃이 피었어

바람

바람이 분다

작은 내 심장을 간지럽히고

간지럼은 작은 떨림으로

떨림은 혈관을 타고 돌아
온몸으로 퍼진다

마음에 잔잔한 진동이 일어

바람에 내가 설렌다

차 한잔

따뜻한 차 한잔 앞에 놓고
피곤에 눌린 두 어깨가 기댄다
한 모금 홀짝
긴 한숨이 풀어지고
한 모금 홀짝
복잡한 생각이 씻기고
또 한 모금 홀짝
온기 가득 차향이 차온다
비워져가는 머릿속
채워져 가는 마음속
나는 너에게
너는 나에게
좋다 좋다 좋다
말없이 온기로 나누는 이야기
나란히 앉아 마시는 여유
좋다 좋다 좋다

비가 되어 내린다면

누구에게 비가 되어 내린다면
가랑비로 내리고 싶다
울 것 같은 누군가의 마음에
톡톡 떨어져 노크를 하고
소르르 올라온 눈물
또르르 안고 구르다
마음속 깊은 우물에 똑똑 떨어져
물보라로 어루만지는
결코 사납게 쏟아져
우물 속 헤집어 놓지 않고
가랑가랑 찰랑이며
누군가의 마음에 차오르고 싶다

기다림

그늘 한 점 없는 곳
덩그러니 앉은 나무 벤치
종일 누가 올까 기다리다
뜨거운 햇살을 원망한다

가까워지는 발자국 소리
잔디들의 설레발에
괜히 설레었다가
오늘도 공쳤다

한 곳에 망부석으로 앉아
말 한마디 섞어 줄 이 기다리시던
지금은 하늘 높은데 계신
늙어버린 애달픈 마음 같다

풀꽃의 꿈

깨진 항아리 속
이름 모를 풀꽃이
올려다보는 하늘은
항아리만한 크기
깨진 틈으로 불어온
바람이 들려주는 하늘은
온 세상을 다 덮을 만큼
끝없이 넓대

하루 종일 그늘이 빙빙 도는
항아리 안 세상이 이젠 갑갑해
바람도 끝을 본 적 없다는
항아리 밖 하늘이 궁금해
바람에게 부탁해
내가 작은 씨앗으로 남겨지면
꼭 다시 찾아와
항아리 밖 세상에 나를 내려줘

이끼

작은 몸으로
눅눅하고 그늘진 곳에
뿌리내리고 앉아
홀씨주머니 가득 품은 꿈이 있어
물속을 포기하고
육지로 올라온 건
태양을 사랑한 까닭
비록 지금은
사랑에 타 말라가지만
언젠간 햇살이 비치는 양지에
발가벗은 채
일광욕을 할 거야

첫 마음

무얼 해본 것도 없이
얼굴 빨갛게 달아
설레기만 하다 만
첫 마음

눈 한번 못 맞추고
속 얘기 한번 못 나누고
괜스레 좋아한다 해서
가까워지지 못한 사이

좋아한다 고백 편지만
설레어 읽고 또 읽고
분홍 복사꽃을 편지 속에
꽁꽁 숨겨두기만 했지

손길

한가하고 나른한 오후
맨바닥에 팔베개로 누운 엄마 옆에
어린 내가 눕는다
머리카락을 쓸어주는 커다란 손길
굳은살 거친 손바닥의 따스함이 부드럽다
낮고 조용하게 졸음이 파도로 밀려와
꿈뻑꿈뻑 못 견디고 이내 눈 감기면
깊은 심해 어딘가로 가라앉는다
꿈조차 고요하다

구기자

울타리로 선 구기자나무
여름 지나며 빨갛게 익어 가면
오며 가며 한 움큼 따다가
할머니 입 속에 쏙 넣어드렸지
어디에 좋다하는지 모르면서도
몸에 좋은 약이라고
통통하게 살 오른 것으로 골라
할머니께 선물처럼 내밀었지
한입에 톡 털어 넣을 만큼
겨우 작은 손 한 움큼을
할머니는 선물처럼 받아 드셨지
내 손 한 움큼은 더 커졌는데
우리 할머니는 너무 먼데 계시네

버스

구불구불 길 따라
버스도 구불구불 달리고
오르락내리락 길 따라
버스도 오르락내리락 달려
손님 뜸한 시골 동네에
띄엄띄엄 찾아오는 버스
해질녘 집으로 돌아오는 길
어제와 오늘이 다른
차창 밖 풍경을 사랑했다
금강이 금빛 물결로 마음 흔들고
철새가 하늘을 휘저어 날아오르고
이름 모를 꽃들과 풀들
초록으로 가득 채웠다가
황금빛으로 익어가는 들판
때 되면 비어지는 쓸쓸함과
하얗게 잠든 고요함까지
문득 그리워지는 날에는
35번 버스가 타고 싶다

호박꽃

커다란 얼굴이
얼굴 보다 더 크게 웃는다
누가 예쁘다 하지 않는데도
입속 다 보여주고
순박한 웃음 웃는다
애써 키운 아기 호박
쏙쏙 찾아내는 손에
죄다 내주면서도
속없이 잘도 웃는다
서리 내려 잎 마르고 나면
숨어서 자란 호박이
덩이덩이 누렇게 앉아있다
제 몫은 무겁게 익히고 있었구나
주고 또 주고도
웃을 수 있는 이유 있었구나

늙은 은행나무

오래된 학교 담벼락 따라
키 높게 선 늙은 은행나무
가을바람이 없어도
알아서 털어놓은 은행잎은
욕심이고 미련이란다
다 털어내고 맨몸으로 선 것은
또다시 겨울 앞에 서는
당당한 자부심이란다
늙어 뻣뻣해지고 갈라진 살갗은
나무가 살아온 시간
늘어나는 나이테 같은
자랑스러운 훈장이란다

메밀꽃

색색으로 멋 낼 줄도 모르고
향기 진하게 마음 훔칠 줄도 모르고
욕심도 없이 조그마한 꽃 피어
한 송이로는 예쁘다 소리도 못 듣고
밭 하나를 가득 채우고서야
멀찍이서 사람들 시선에 드니
마음이 소박한 것인지
세상을 모르는 것인지
제 할 일에만 열심인 너를
나는 그래서 좋아하지

감

옛날에 시골 동네
감 인심은 참 박했어
떨어진 땡감조차
못 주워 오고
감나무 집엔
아이들 발자국만
빙빙 돌았지

부러워서 서러워서
한 그루씩 심었다지
가을이면 집집마다
익어가는 감만큼
후해진 인심
새가 겨우내 먹어도
이젠 남아돌아

가을 마중

가을이 가을이 물들어오면
은행잎 단풍잎 골라 주워
그리운 마음 새겨 보내놓고서
받은 마음속이 궁금하여 밤잠 설치던
오래전 기억 하나가 떠올라
창밖에 선 은행나무에
언제쯤 가을이 올까 내어다본다

가을이 가을이 꽃피어오면
국화꽃잎 떼어다가 곱게 말리어
편지 속에 조심스레 끼워 넣고서
받은 이에게 향기 전해졌을까
궁금해 하던 소녀가 그리워
아직 봉오리 어린 국화꽃에
언제쯤 가을이 올까 들여다본다

엄마니까

세상에서 남편이 제일 좋다는 내게
아이가 묻는다

아빠랑 나랑 누굴 더 사랑해?
당연히 아빠지

그럼 아빠랑 나랑 물에 빠지면
누굴 먼저 구할 거야?
당연히 너지

왜? 아빠를 더 사랑하는데 나를 먼저 구해?
엄마잖아
아빠를 아무리 많이 사랑해도
그 순간에는 너지

자식을 위해서는 가장 좋은 것도
버릴 수 있는 사람이 엄마란다

\<우리의 계절은 안녕한가요>

정수호

우리

사랑을 기억하는 문장

이별을 지워내는 문장

일상을 담아내는 문장

자신을 끌어안는 문장

계절을 추억하며

치유의 시(詩)를 쓰다.

당신이 간지럽다

당신을 생각하면
가슴 안에 선풍기를
틀어놓은 듯이
적당한 세기의 순풍이
온 마음 온 몸을
기분 좋게
간지럽힌다

그냥 좋아요

당신이 좋은 이유를
자꾸 묻지 마세요

이유를 만들어
당신을 만나고 싶지 않아요

스르륵 스르르

스르륵 스르르 스륵
스르륵 스르르 잠이 들듯이
놓쳐지는 줄도 모르게 놓은
사람의 향기 닮은 한 사람

스르륵 스르르 스륵
스르륵 스르르 스며들 듯이
빠져드는 줄도 모르게
빠진 사랑의 향기

달콤하여라

나에게만

다정한 눈매의
그윽한 눈빛은
붉은 입술로
속삭이는 언어들은

햇살이 부서지는
들판에도
새들의 음악회에
감동해도

아껴주세요

산책할까요

비 그치면 같이 산책할까요
차 마시며 거릴 걸어볼까요

심쿵하는 가슴
들키지 않을 테니
심쿵하는 가슴
들키지 말아줘요

깍지 낀 손가락 사이로
우리 두 사람의 떨림은

충분히 전해질 테죠

비 그치면 같이 산책할까요
차 마시며 거릴 걸어볼까요

Falling in love

깊고 너른
너의 바다에 뛰어들다

너의 마음에 잠식되어
숨을 쉴 수 없어서
나는 살 것 같아

두 사람

당신의 심장과 나의 심장이
한 몸인 듯이 맞닿아 있던
그 날

태양이 지지 않았고
바람이 쉴 새 없이
일렁였으며

이불의 사각거림이
천둥처럼 요란하였다

사랑

사랑은
짐작하는 게 아니다

사랑도 결국
사람이 하는 일이라
그 속을
다 알 수 없는 일이다

그래서 관찰하고
그러므로 배려하고
계산 없이 안아주어야 한다

사랑 X

금방 증발되어버릴
그와 나에 대한
짧은 호기심 따위

혹은
불결한 목적을 지닌

접근

키스

너의 입술만큼
달콤하고
해로운 게
또 있을까

천국으로
나를 날리고
쾌락의 지옥으로
날 떨어뜨리니

뜨겁도록 간절하며
시리도록 저릿하여라

키스 2

너의 숨소리를 따라
너의 심장을 만난다

너를 사랑하고 있다

역습

영리한 사람임에 틀림없어
영리한 사람다운 통보였어

단번에 알아차렸어
단번에 알아차려도

친절하게 속아주려 해
친절하게 놓아주려 해

끝까지 착한 기억을
주고 싶었어
끝까지 착한 남자로
남고 싶었어

그래야 오래 가슴 칠 테니

엄마

간절했다
신이 있다면

그 신이 부처든
예수든
신이 있다면

소원을
생에 단 한번만
쓸 수 있는 소원이라도
기꺼이 내놓아 바라겠노라

두 손 모아 바랬다

1에 불과한 가능성도
0에 가까운 가능성도
당신의 숨을 포기하기엔
굉장한 수치였지요

신이 있다면 제발

소원을
사람 가리어 들어주나요
기적은
누굴 위하여 행해지나요

소원성취

발걸음이
눈물을 먹어
천근만근이던 날

이별을 말한
그대는 몇 걸음 만에
시야을 벗어나고 있네요

무엇이
그대의 걸음에
날개를 달았나요

이별 티내기

이발기로 양쪽 옆머리를
아주 짧게 바짝 밀어버렸다

타올이 헤지도록
온 몸을 문질러댔다

샤워 폼에 거품을 내어
빨개지는 것도 모르고
가슴만 연신 닦아냈다

남들은 모르게
티내지 않으려고 했는데
내가 나한테는
못되게 화를 내며
티내고 있었나 봐

이별에 죽디

가시기 전에
우리의 연을
베어낸 칼로
울음만 차는

이 내 목을 베시오
이 생 끝에 함께할
단 한 사람 당신이
아닌 삶은

살아도 사는 게 아니니
숨을 쉬는 고통에
차라리 죽기를 바랄 날이
많을 테니

가시기 전에
우리의 연을
베어낸 칼로

울음만 차는 이 내 목을

베시오

멈추기

턱까지 차는 숨을
끝까지 참을

이유가 있을까

속도를 늦추고
느려지고 멈추는 동시에
정상을 되찾는 호흡

너를 잃은 순간부터
내달리던 이별 달리기를
멈출게

그 사람, 나를 버린 사실이
불변함을 깨닫다

헤어질 채비

한 마디 말로
헤어짐을 완성하는 지경과

한 마디 말로
재결합을 완성하는 경지에
이르면

비로소 헤어짐을 맞을
준비를 마친다

어쩌면 순리

자신의 마음이
변하기 시작하면
상대의 한결같음이
지겨워지기 시작하지

그의 목소리가
점점 거슬리고
그의 넓은 어깨는
앞을 가릴 뿐이다

그녀의 웃음이
보이지 않고
그녀의 눈물은
가식일 뿐이며

그녀의 손길이
부담스러워진다

무뎌진 마음은
무뎌진 칼날 같아서

없느니만 못한
사람이 되어가는
마음의 흐름

십삼월

매일 흘러가는 숫자가
뜰의 나무보다 자라면

가슴 조여 오는 그리움
끝을 헤아릴 수 없어서

익숙한 네 얼굴이 이름이
익숙한 네 손길이 눈빛이

낯선 사람의 기억처럼
고개 몇 번 저으면 잊힐까

하물며

의연하게 버티고
유연하게 춤을 추어도

분명
나무도 아플거야
자꾸만 바람이 흔들면

사랑은
소유하려 하고
휘두르는 게 아니란 걸
그 때는 왜 몰랐을까

너도 많이 아팠니

거기 있소

어디 있소
어느 샌가
해는 지고

길어지는
그림자를 밟고

그대 오고
있지 않나
돌아보고
돌아보고

어디 있소
어느 샌가
별이 뜨고

별빛들이
눈물처럼
쏟아지오

이 길 끝의

흔들리는 피사체는

먼발치의 그대일까

바람이 분다

바람이 분다 너를 지나온
바람인 걸까 익숙한 샴푸
향이 날아와

가던 걸음을 멈추게 하고
주저앉게 해

바람이 분다
바람이 바람으로 끝나던 날
바람이 바람인 채 퇴색된 날
그 날도 바람은

나를 떠밀고 있었다

터미널에서

10분 앉아 있었는데
2대가 나가고
3대가 들어왔다가
금방 떠나고

다시 1대가 들어와
정차 한다

10분 남짓
여러 대가 나고 들고 나고

너만 안온다
너만 오지 않는다

구름고래

구름이 빠르게 유영한다
맑은 하늘을 보였다가
숨기었다가
비를 흩뿌렸다가 멈추기를
반복하며
변덕을 부려도 좋으니
한눈팔지 말고 가다가
내 님이 보이거든 일러 주렴
여기에 있다고
도망치듯 가던
뒷모습이 안쓰러워
지금껏 눈을 떼지 못하고
이 곳에 있으니
고달픈 발걸음을 돌려
나에게로 돌아가라고

헤어질 채비 2

붕대가 필요한 상처를
반창고로 겨우 막아내며

이유도 기억나지 않는
헤어짐과 만남을
반복하고 있어

웃음이 끊이지 않았던
시간을 지나
우스운 꼴로 기억하는
시절이 되어간다

안녕합니다

나는 안녕합니다
그대는 안녕합니다

나는 잘 지냅니다

머리카락이 눈썹까지
올라치면
가위 들고 쫓아 다녔는데
어느새 귀를 덮는 중이고

5kg만 빼면 딱 보기
좋다 했는데
10kg 가까이 체중이
줄고 있어요

잔소리 하는 그대가 없으니
하지말란 것만 하며 살아요

안부를 들을 수 없고
안부를 물을 수 없으니

홀로 끄덕이며 말합니다
나는 잘 지냅니다

나는 안녕합니다
그대는 안녕합니다

콩깍지

카메라보다
정확하고 더 빠르게

너에게 초점이 맞춰지는 현상

네가 제일 예뻐

넌 대기권에서 제일 예뻐

이이스크림

너를 보고 있으면 좋아
네가 먹고 싶어질 때도 좋아

Text Love

섹스로 몸의 열기를
올리기 보다

텍스트로 네 마음을
물들이고파

그대는 달

그대는 달라
그대는 마치 달 나라

그대 품에서 난
행복의 유영을 하네

밤 날씨 좋다

정말로
날씨가 섹시하네

마치 뽀뽀 갈기기
좋은 날씨랄까

시간의 선물

살아갈수록 희망은
한껏 몸을 불리며
우리를 맞이한다는 사실을

매일의 흐름 속에
숨겨놓은 시간은

공정하지 않은 적이 없으며
공평하지 않은 적이 없다

산다는 것은

살아갈수록 웃음은 줄고
살아갈수록 눈물이 는다

하나 둘 셋
나를 놓고 떠나가네
하나 둘 셋 넷
놓치는 사람들

퇴근길은
적막으로의 투신인가
주말밤은
세상과의 단절인걸까

산다는 것은 묵직한
외로움을 견디는 일이다

1도 없어

모래를 쥐어
흘리지 않으려고
안간힘을 쓸수록
더 많은 모래알이
손가락 사이로 빠져나간다

한줌의 모래를
손바닥 위에
가만히 올려놓아보라
단 한 알도 떨어지지 않는다

100을 얻으려는 욕심은
결국 1도 얻지 못한다

가을 마중

가을 햇살이
비처럼 쏟아진다

나무마다 단풍이
열매처럼 익어간다

사뿐히 낙엽 즈려밟고
그대도 와 주오

장마 같은 허수함을 지나
폭염 같은 고단함을 지나서

가을앓이

가을이 깊어질수록
감성이 간질간질해지는 건

마음의 막이 얇아져서이다

그래서 누군가의
손끝이라도 닿을라치면

가슴 가에 홍수가 나고
꽃잎이 천지를 뒤덮는 거다

커피커피해

휘핑크림을 올린
하늘인 것 같아

해질 무렵에는
아메리카노가 어울리지

달빛라떼로 그린
밤하늘은 또 어떻고

별, 숨

까만 하늘에
보이는 빛은
별이 아니라

우리를 가둔
박스 천장에 난
구멍일지 몰라

우리의 숨(Breath)은
별

거짓을 키우는 거짓

그대는 거짓말을 하네요
나는 그대의 것인데

난 절대 거짓말 하지 않아요
거짓말이야

난 절대 거짓말 하지 않아요
거짓말이야

나는 이미 그대의 것인데
그대는 거짓말을 하네요

소주

넘친다고 얼른 입에
갖다 대지는 않잖아

넘치지 않게
찰랑이는 딱 그 만큼

충동적이지 않고
적당히 계산적인 삶

진짜 어른이 되어야만 아는
맛

Paradox

이른 아침 드는 햇살이

누군가에게는 살아있음에
감사하는 빛일 것이며

누군가에게는 살아있음을
원망하는 빛을 것이다

누군가에게는 희망을 품은
천사의 미소일 것이며

누군가에게는 불행을 품은
악마의 염탐일 것이다

독려

흐름을 멈춘 바람이 좋아
날을 드러낸 폭염이 좋아

죽기 딱 좋은 날씨네

어서 그어 손목을
어서 뛰어 옥상에서
어서 찔러 깊숙이 한껏
어서 매어 한번에 뛰어야 해

충동이 일 때 실행해
생각이 많아지면
용기는 멀리 달아나고 말아

무장

아침이 오지
않을 수도 있겠다는
극단적인 감성에
이마를 짚다가도

내일 없는 것처럼
오랜 잠을 자고 싶어
세상 제일 편한 자세로
정적을 맞다가도

다시 해가 뜨면
전쟁터로 나서는 장수처럼
갑옷 같은 옷을 갖춰 입고
죽을 힘을 다해
또 하루를 살 거야

독려 2

불어라 바람아
어서와 가을아
눈이 머무는 곳마다
행복이 만발하네

이 얼마나 아름다운 세상인가

고개를 들어
시선을 돌리면
지천에 널린
긍정의 열쇠들

그대는 참 예쁘네
그대는 참 멋지네

그대는
세상에 필요한 사람이야
그대의 생을
온 우주가 축복하는 걸

아 삶은 얼마나 위대한가

행복은 너의 편

지옥 같은 삶이 꽃 같이
되는 건 기적이 아니다

행복은 늘
그대의 뒤를 따르고 있다

비행

천재지변아
날 삼키지 마라

목적하는 곳까지
무사히 날고파

천재지변아
날 비켜 지나라

Name Value

천장을 뚫고 나아가야 할 때
후반전으로 안내할
친절한 반전이 필요한 시기에

요람에서 내리면서 읽어봐
무덤까지 축복같은 삶 동안
요란한 듯 요란하지 않은
요술인 듯 요술같지 않은

그대의 심장을 저격하는
매혹의 글귀를 원한다면

수호작가의 계정을 검색해봐

정수호

오롯이 나무로 살 테다

예쁘다 손 타는

꽃이 되긴 싫어

눈을 속이는 화려한 색깔

과시와 관심의 경계가

모호한 일개의 탐스러움

난 오롯이 나무로 살 테다

금세 져버릴 꽃이 되긴 싫다

원태연

원태연 시구들이
태풍처럼 가슴을 휩쓸더라
연습 없이 그려낸
그림 같은 느낌

수리수리 마수리
호불호가 갈리는 문장이 어디있어

가장 자연스러운
감동을 주고 싶어

시발(詩發)

넌 시(詩) 발아(發牙)
언제부터였니

눈에 꽃을 담고
가슴에 바람을 품던 십대
아픈 청춘과
사랑을 노래했던 이십대
그때부터였을까 난

삶이 문장으로
구현되는 지금이 진짜
시(詩) 발아(發牙)의 때인가

언제부터였니 넌